Au moment de l'**heure des histoires**, tandis que l'un regarde les images et l'autre lit le texte, une relation s'enrichit, une personnalité se construit, naturellement, durablement.

Pourquoi ? Parce que la lecture partagée est une expérience irremplaçable, un vrai point de rencontre. Parce qu'elle développe chez nos enfants la capacité à être attentif, à écouter, à regarder, à s'exprimer. Elle élargit leur horizon et accroît leur chance de devenir de bons lecteurs.

Quand ? Tous les jours, le soir, avant de s'endormir, mais aussi à l'heure de la sieste, pendant les voyages, trajets, attentes... La lecture partagée permet de retrouver calme et bonne humeur.

Où ? Là où l'on se sent bien, confortablement installé, écrans éteints… Dans un espace affectif de confiance et en s'assurant, bien sûr, que l'enfant voit parfaitement les illustrations.

Comment ? Avec enthousiasme, sans réticence à lire « encore une fois » un livre favori, en suscitant l'attention de l'enfant par le respect du rythme, des temps forts, de l'intonation.

Sous la direction de Colline Faure-Poirée
ISBN : 978-2-07-063356-2

N° d'édition : 175048
Loi n° 49-956 du 16 juillet 1949
sur les publications destinées à la jeunesse
Dépôt légal : juin 2010
Imprimé en France par I.M.E.

Dominique Vochelle
Illustrations de Chiaki Miyamoto

Le petit monde de Miki

Gallimard Jeunesse Giboulées

Miki fait des bulles
avec de l'eau et du savon.
Un petit bruit et elles s'en vont.
Libres comme l'air.
Miki dit que les rêves
sont des bulles.

Le lotus ouvre ses pétales.
Miki tend les mains
pour cueillir les petites fées.
Miki dit que les fleurs
ont des secrets.

L'enfant de l'orage joue
du tambourin. Miki sourit.
Un éclair sur le mont Fuji.
L'orage est passé.
Miki dit qu'elle a la tête
dans les nuages.

Miki aime le printemps.
Les cerisiers sont en fleur.
Des taches de couleur
dans la brume.
Vite, vite, elles vont faner !
Miki dit que la vie, c'est fragile.

Le saule pleure.
Miki a son parapluie.
La grenouille n'a pas
peur de la pluie.
Miki dit que l'eau passe
sous le petit pont.

Miki a un coquelicot à l'oreille.
Elle entend le bruit des vagues.
Miki a des coquillages
dans les yeux. Elle voit la mer.
Miki dit qu'elle a le pied marin.

L'escargot habite un escargot.
Il sort de sa coquille, mais
il ne quitte pas sa maison.
Miki dit que dehors
elle est chez elle.

Au Japon, on dit que les taches
de la lune ont la forme
d'un lapin. Chaque année,
les lapins dansent à la fin de l'été.
Miki dit qu'on danse
aussi sur la lune.

Miki porte un petit lampion.
Elle brille comme une luciole.
Mais elle ne vole pas.
Miki dit que la vie a des ailes.

Miki a la tête dans les nuages.
Comme les oies sauvages.
Dernier voyage avant l'hiver.
Miki dit qu'elle pense
comme un oiseau.

Miki fait des colliers
et des guirlandes.
Elle aime les feuilles d'automne.
Miki dit que les arbres
ne sont pas tristes.

L'hiver est doux
comme du coton.
Il y a quelque chose
sous la neige.
Miki dit que ce n'est pas fini.

Les petits mots de Miki

色

couleur

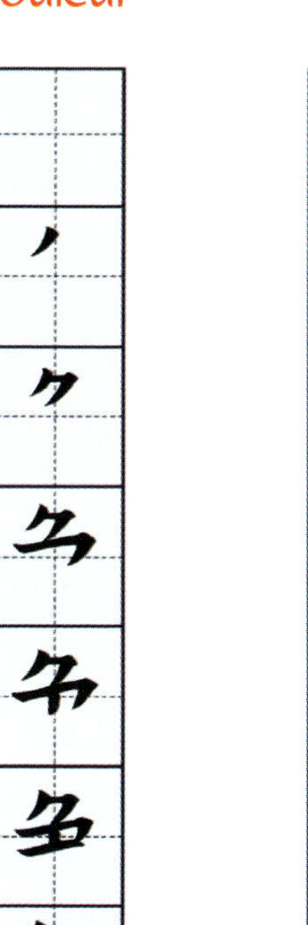

松

sapin

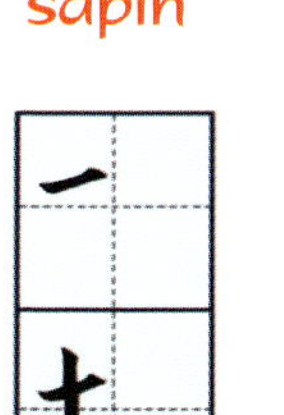

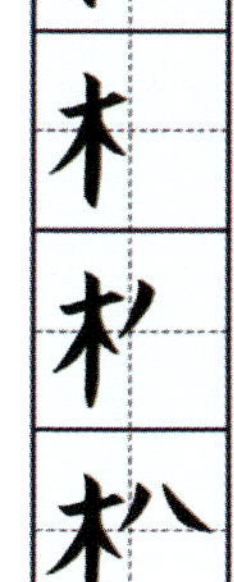

風

vent

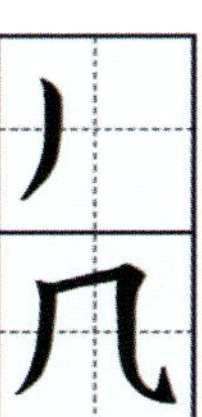

波

vague

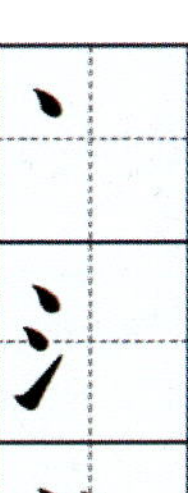

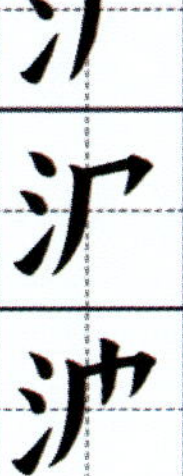

Dans la même collection

n° 1 *Le vilain gredin*
par Jeanne Willis
et Tony Ross

n° 2 *La sorcière Camembert*
par Patrice Leo

n° 3 *L'oiseau qui ne savait pas chanter*
par Satoshi Kitamura

n° 4 *La première fois que je suis née*
par Cuvellier et Dutertre

n° 5 *Je veux ma maman !*
par Tony Ross

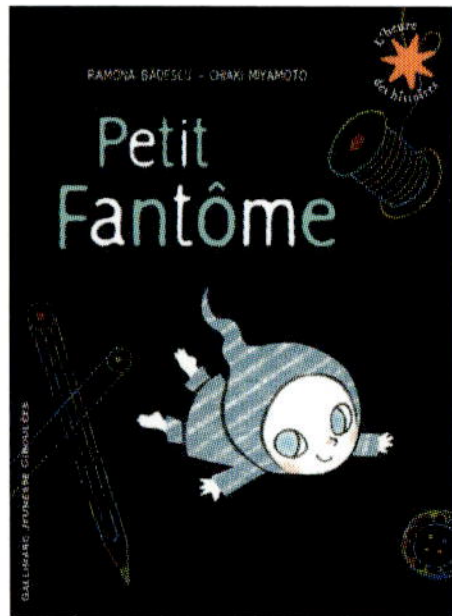

n° 6 *Petit Fantôme*
par Ramona Bădescu
et Chiaki Miyamoto

n° 8 *Une faim de crocodile*
par Pittau et Gervais

n° 9 *2 petites mains et 2 petits pieds* par Mem Fox
et Helen Oxenbury

n° 10 *La poule verte*
par Antonin Poirée
et David Drutinus

n° 11 *Quel vilain rhino !*
par Jeanne Willis
et Tony Ross

n° 12 *Peau noire peau blanche*
par Yves Bichet
et Mireille Vautier

n° 14 *Clown*
par Quentin Blake

n° 22 *Gruffalo*
par Julia Donaldson
et Axel Scheffler

n° 24 *Tu ne peux pas m'attraper !*
par Michael Foreman

n° 31 *Le grand secret*
par Vincent Cuvellier
et Robin

n° 32 *Pierre et le loup*
par Serge Prokofiev
et Erna Voigt

n° 33 *L'extraordinaire chapeau d'Émilie*
par Satoshi Kitamura

n° 34 *Capitaine Petit Cochon*
par Martin Waddell
et Susan Varley

n° 35 *L'ami vert cerf du prince de Motordu*
par Pef

n° 37 *Je ne veux pas changer de maison!*
par Tony Ross

n° 38 *J'ai un problème avec ma mère*
par Babette Cole

n° 39 *Il y a un alligator sous mon lit*
par Mercer Mayer

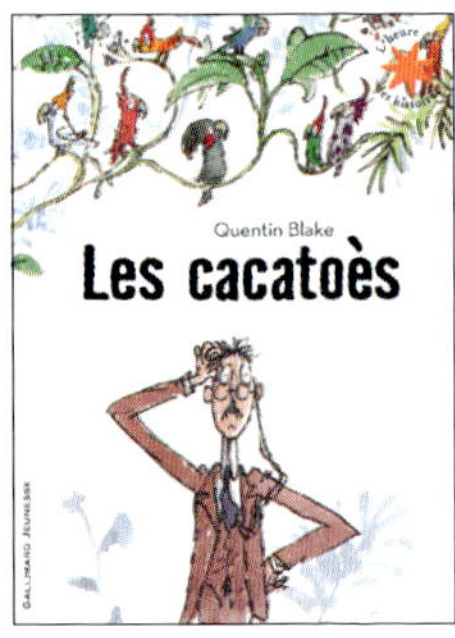

n° 40 *Les cacatoès*
par Quentin Blake